草泉

和田えみこ
Emiko Wada

東京四季出版

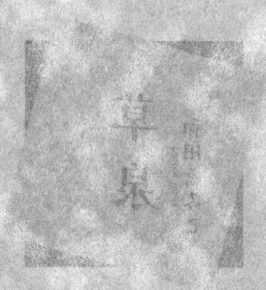

草泉＊目次

装幀　柳咲玲馨

句集

草泉

くさいずみ

夕顔

平成十二年〜十六年

初釜の湯気しゅんしゅんと昇りけり

まさをなる空へ出初の梯子伸ぶ

ひとすぢの道寒林を貫けり

蜆汁うすむらさきに日の暮るる

つばな野に手を振れば人遠くなり

エプロンの紐結ぶとき春の風

囀りや詰め込んでゐる旅鞄

奥山へ延びゆく舗道朴の花

海よりの山よりの風夏座敷

新涼や飛驒の刺子の藍木綿

葛の花吹かるる関趾去りがたし

赤蜻蛉肩にぶつかる家郷かな

金木犀石蔵の窓開きけり

筆塚にこぼれ紫式部の実

落葉とて箔降るごとし滝ざくら

青竹の垣結はれあり十二月

揺り椅子の影ゆれてをり毛糸玉

石ころのひとつひとつに霜の華

今朝生れし仔牛のひとみ雪もよひ

雛祭ひともし頃を嬰のねむり

桐箱に仕舞ふ奈良墨夕ざくら

恋猫の鈴かもしれず拾ひけり

能舞台はねし夕べの月おぼろ

酒蔵の酒樽の古り桐の花

黴の書に褪せし四ッ葉のクローバー

水無月の青き木の実をてのひらに

今年竹すらりと闇を脱ぎにけり

一瞬に寝入る赤子や天の川

蜻蛉の瞳に深き水のいろ

昼月の夕月となる花野かな

天辺にのこりし風のからすうり

大ぶりの湯呑を冬のたなごころ

枯葦の空あをあをと流れをり

クリスマスケーキの上の一軒家

枯枝に瑠璃いろの禽来てゐたり

歳の市抜けて星空駐車場

あの頃は若かつたねと賀状来る

裏山に鷹栖む校舎朝日さす

奪ひあふラグビーボール宙にあり

考へてをれば悴むばかりかな

いま昇りゆく寒月の燃ゆるいろ

粕汁のかなたの海の荒れてをり

家ぢゆうの灯を煌煌と鬼やらひ

うぐひすや眠るたび人蘇る

涅槃図の馬も駱駝も膝を折り

供へある煙草一本鳥ぐもり

あけがたにあがりし雨やつばくらめ

花種の灰のごときを蒔きにけり

結び方知らぬ粽の紐ほどく

そら豆の皿を横目にペルシャ猫

墓の棲む庭に真白きシーツ干す

コーヒーにミルク卯の花腐しかな

キャスターの青きネクタイついり告ぐ

流されてゆきさうな島梅雨ぐもり

青梅雨のしづく去来の墓にかな

ケーキ食べ終はれば虹の消えてをり

麦秋や書よりセピアの写真落つ

シーフードカレー辛口暑気払ふ

をさな子のころにふりむき竹の春

流木を挽く長汀やいわし雲

コスモスを撮るためだけの途中下車

栗いろの馬曳かれゆく夕花野

鯉跳ねて水面の月を乱しけり

蔵の戸を引けば重たし萩すすき

鴉二羽稲刈る仔細見てゐたり

秋草の小径プラネタリウムまで

追ひ越してゆく風ばかりすすき原

外套の深きポケット船を待つ

越よりの銘酒あんこう鍋滾り

冬滝の韻きを山の禱りとも

初電話空の青さを讃へあふ

鏡餅這ひはひの嬰のまつしぐら

梅が香や路地曲がれども曲がれども

教会の屋根のとんがり鳥帰る

春の野をたためば膝の上の地図

菜の花のおひたし鰹節ふはり

子の丈に蹈むや草の芳しき

シーサイドホテル立夏の波しぶき

葉桜の重なる影のさやぎかな

青嵐飛びたる帽子水に浮き

虹の輪をくぐりいわさきちひろ展

竹林の風をもてなす施餓鬼寺

霧襖ヘッドライトの現れて消ゆ

仏彫る木屑のにほふ良夜かな

ゆつくりとまはる地球や返り花

冬眠の蟇やあかあか工事の灯

マフラーの集まつてくる朝の駅

冬の夜のブルーブラックのインク壜

うすらひの消えむと岸を離りけり

牡丹に芽火星に水のありし跡

鳥雲に入るスクランブル交差点

草萌を駆け来てとんぼ返りせり

ふらここのつまさき白き雲に触れ

盂蘭盆の夜の雨音となりしかな
はらぺこの児を夕顔の迎へをり
繋がれしままの小舟や天の川

燕去り深き廂ののこりけり

ハンバーガーショップの上を鱗雲

抱き起こし抱きおこし稲刈りにけり

月照らしをり崩れたる砂の城

鴉啼く十一月のくもり空

国技館前凩に押されつつ

寒卵

平成十七年〜二十一年

紙ひひな眠らぬナースステーション

象の鼻天へ子供の日の放水

牛売られゆくアカシアの花に雨

父祖ねむる山の映れる植田かな

戦争のはなし虞美人草赤し

草泉ちひさな空を掬ひけり

降り出しの雨音に秋さだかなり

盆礼のワイシャツ通り雨に遇ひ

大輪の菊の主のひとり言

山茶花の散り敷く午後のミルクティー

風花のしきりピアニストの寡黙

梟の啼き星屑を殖やしけり

三姉妹居ならび年のあらたまる

歌留多とる袖の花鳥をひるがへし

枯れし野の果てなる風の岬かな

切株の年輪水の温みけり

フランス語講座蛙のめかりどき

亀鳴くや切り落とさるるパンの耳

目覚しのベル朝顔の白ばかり

色変へぬ松と片片たる雲と

さはやかや髪白くなりゆくことも

あたらしきノートをひらく花辛夷

体温計ひやり八十八夜かな

雨雲の落とす雨粒藤の花

梅雨冷のともしび歪む窓硝子

立ち上がりざまの眩暈や初蛍

玄関に蛇居ますよと言はれても

松原の百態秋の虹仰ぐ

牛の仔の跳ねコスモスの揺れどほし

秋蟬の暮れゆく樹々のこゑとなり

黄落やスクールバスの来る時間

障子貼るつねこ師の句をくちずさみ

柿二千剝きしと媼こともなげ

年経たる敷居縁側初日さす

寒明の握り拳をひらきけり

鳶流れ鷗はばたく春岬

僧の子の僧となるべく梅の花

初蝶に遇ふブラウスの真白かな

転生のいくたび春の炉を囲み

にはとりのここここと藪椿落つ

炒りごまの弾けて鷹の鳩と化す

桜蕊ふる午後雨といふ予報

蝌蚪すくふ男の子に限りなき宇宙

はつなつの鏡を風の通り抜け

岩五つ跳んで渡るや河鹿川

すくすくと育つ杉山ソーダ水

白鷺の降り立ち水をときめかす

なまこ蔵涼しき月を上げにけり

水切の小石跳びとびとんで秋

かなかなの夕べ大きな皿を拭き

今内美智様

釣舟草と教へてくれしひとの亡し

鬼やんま或いは閉所恐怖症

冬麗のざらざらとわが手足あり

割箸のスパッと晦日蕎麦啜る

祖父母父母弟二人寒卵

三角の屋根に四角の窓に雪

北窓をひらくや鳥の目と合ひぬ

啓蟄の車を子らの降りてくる

坂みちの半ば初音に立ち止まり

春野菜シャキシャキ不惑知命過ぐ

犬ふぐり天使の像の辺に坐せば

くるくると烏賊墨パスタ蝶の昼

麦笛を吹くや馬上の背を正し

臥す父の調子聞き分け草刈機

豆柿の落花鋤き込む屋敷畑

初浴衣瀬音風音昂れる

白日傘たたみ折紙教室へ

髪洗ふゆゑもなく歯をくひしばり

盆路を刈る老木を仰ぎては

流灯の肩寄せあふも遅るるも

遠き山近き山涼あらたなり

ジンジャーの花や旅信に滲む雨

胡麻豆腐提げて色なき風の中

穴まどひ想ひ出をひきずりながら

むづかしき顔してをりぬ七五三

風呂敷をきつちり結び神の旅

白鳥の群れを見守るかに一樹

萱葺きの水車コットン冬銀河

巣立鳥

平成二十二年〜二十六年

夕映えの野を閉ざしたり白障子

湯気立てて口尖らせる薬缶かな

冴返る飲み込むといふ一大事

遺跡掘る人ら小さし鳥帰る

猫の仔の流されてゆく木箱かな

春禽や巌の肩のやはらぎぬ

花種の袋とトラクターの鍵

しやぼん玉ふつと遥かへ行きにけり

残照やつねこ師に似て白牡丹

涙とも汗ともつかず拭ひけり

熱砂ゆく迷ひ子の手を握りしめ

山百合の香りカーテン翻し

水槽の魚のひらめく厄日かな

水上げるポンプの唸り実南天

ジャスミン茶飲めぬマスクを外さねば

凩の松の傾くばかりかな

山眠る沈鐘の湖を抱き

冬草の青きほむらを上げにけり

牡蠣割りの無言に殻の積まれゆき

冬晴を載せて航空母艦かな

雪女おのれ宥める子守唄

書に友に遠き明け暮れ春立ちぬ

いかのぼり空の大きな目となりぬ

朝風に胸震はせる巣立鳥

大地震のあとおづおづとつくしんぼ

歌忘れ笑ふを忘れ花は葉に

天空に合掌を解く朴一花

おほぞらの底なる草の茂りかな

仮の世の仮の住まひの灯の涼し

稲びかり崩れしままの鬼瓦

見上ぐればめつむれば秋のこゑ

丁寧に家解体す神無月

三代に磨きし柱失せて冬

雲一朶冬青空をさまよへり

折鶴に息吹き入るる冬籠

岸の鴨呼びに鴨寄る水のきら

大竹増代様

師のもとへ逝きしか春のまだ浅き

俯きの背のばす遠きさくらかな

たんぽぽや牛の仔はまだ繋がれず

うちとけるころは別れや春夕焼

わたさるるバトンの重くあたたかく

春眠を断ち切る斧を振りおろし

のこす樹の伐る樹の青葉若葉かな

いかづちや幹攀ぢのぼる細き蔓

塩辛き汗舐めて立つ大地かな

新涼の白き翼をひろげたる

月高し亡き父の星なほ高し

初鴨の沈みしのちの水輪かな

天狗飛びおりてきさうや朴落葉

真っ白な壁に囲まれクリスマス

初景色佇む我の他人めき

父母の墓踏めど崩れぬ霜柱

思ひきり回す地球儀もがり笛

戸を窓を開け放ちたり追儺の夜

蛇穴を出て鮮血のごとき舌

がらんどうなる物置や朧月

桜見るともなくコインランドリー

花吹雪一切を無に帰するべし

竣工の日の待つたなし夏燕

朝刈りの草流れゆく疏水かな

窓あけて私を逃がす夏燕

遠祖の歩みし畦や露涼し

揚花火観る歓声のすでに過去

送り火の消えて火の粉のごとく星

庭掘れば石ころばかり法師蟬

銀河より電話「宝石買ひます」と

鈴虫の髭の暗中模索かな

線香の火を手から手へ彼岸花

白萩をくぐれる風と寺の猫

植替への松の根巻や鳥渡る

晩秋の萱厚く葺く禅の寺

迷ひ犬いま番犬や神の留守

ここに池あればと思ふ散紅葉

枯草を焚き山里の暮るるかな

いにしへの空の青さや返り花

朝日子へ飛びたつ鴨の水しぶき

預かりし命ひとつの霜夜かな

てぶくろに十指収めてよりの黙

傷心をつつみし毛皮つつむ闇

ながらへて共に鴨見る縁かな

鎮魂の花火大きく年逝かす

柴山の一木として初日浴ぶ

菩薩像描かれし賀状拝しけり

正月の空と引きあふ凧の糸

竜の玉思ひつめたる色であり

どこよりの笛や春立つ宿場町

薄氷のきらりと未来明るうす

群青の海輝くや雛まつり

流し雛のみこむ渦の白さかな

鳥帰る被災地の地図刷りなほし

春愁にまさる眠気となりにけり

大空の青く果てなし巣立鳥

山城の跡うぐひすの谷渡り

はつなつの蹠スタートライン蹴る

向ひ風得て泳ぎ出す鯉幟

港町巡る薄暑のレトロバス

海神の乗り給ふ船青あらし

田を植うるをみなの一歩より水輪

糸繰草雨なれば縫ふ母なりき

主より主の貌やひきがへる

山雨急散りぢりとなる蟻の列

雨傘のしづく払ひぬ花菖蒲

時の日を大きく跨ぐ水溜り

鮎釣の動かず岸の草ゆるる

白雲を招き入れたり夏座敷

裏山の葉擦れの音や今朝の秋

小母さんと呼ぶ知らぬ子や草の花

川なりに水曲がりゆく花野かな

高きより注ぐ紅茶や小鳥来る

虫しぐれ地球大きな鈴となり

姪結婚

木の実降るディズニーランド行きのバス

冷まじや噴火の山に積もる灰

岩山のぐらりと釣瓶落しかな

一望の刈田揚石八重子逝く

ふくろふのこゑ蠟燭の火をゆらす

むらさきのすみれ一輪漱石忌

手も足も出せぬ炬燵となりにけり

冬ぬくし古田織部の沓茶碗

白鳥の孤高の水尾を曳きゆけり

除夜の鐘長く静かに人の列

草泉　畢

あとがき

本書は平成十二年から二十六年までの作品を収めた二冊目の句集です。「蘭」で多くの方にお世話になり、句会その他のご指導を頂きました。そのお一人で同郷の和田耕三郎代表「ＯＰＵＳ」の創刊に参加し、誌面から伝わる皆様の熱意に感化されつつ学んでおります。

顧みて、父の介護の日々、平成二十一年のつねこ師逝去、二十三年の震災による自宅の損壊、その年の九月、かけがえのない父が逝き、と混乱のなか曲りなりにも俳句を続けてこられた不思議を思う反面、俳句が大きな支えであったと実感させられました。

それぞれの句から、そのときどきの師や先輩、句友の皆様のお叱りや励ましが懐かしく蘇ってまいります。

一集とするに当たり、紛失したり不明となった点もあり拙さは蔽うべくもありませんが、見守って下さった方々への感謝のしるしとなれば幸いです。はからずも和田代表のお勧めにより、今瀬一博様の過分なる帯を賜り、この上ない喜びでございました。

また、東京四季出版の西井洋子様、北野太一様のこまやかなご助言に対し心より御礼申し上げます。

お読み下さりありがとうございました。

平成三十年四月

和田ゑみこ

著者略歴

和田ゑみこ　わだ・えみこ（本名・恵美子）

昭和 29 年　茨城県生まれ
平成 2 年　「蘭」入会
平成 13 年　句集『春の雁』
平成 14 年　「OPUS」創刊に参加
　茨城県俳句作家協会新人賞

現　在　「OPUS」同人
　公益社団法人俳人協会会員
　茨城県俳句作家協会会員

現住所　〒319-1543　茨城県北茨城市磯原町豊田 2-15

句集　草泉　くさいずみ

平成三十年七月八日　初版発行

著　者●和田ゑみこ
発行人●西井洋子
発行所●株式会社東京四季出版
〒189-0013 東京都東村山市栄町二−二二−二八
電　話　〇四二−三九九−二一八〇
ＦＡＸ　〇四二−三九九−二一八一
shikibook@tokyoshiki.co.jp
http://www.tokyoshiki.co.jp/

印刷・製本●株式会社シナノ

定　価●本体二〇〇〇円＋税

ISBN978−4−8129−0992−8